Ich meine, die arabisch-moslemische Seite müßte sich allmählich dessen bewußt werden, daß wir beide – Juden und Araber – Kinder Abrahams sind. Abraham hatte zwei Söhne: Ismael, den Stammvater der Araber, und Isaak, den Stammvater der Juden. Sie waren einander nicht hold. Aber an der Leiche ihres Vaters, in der Höhle Machpela in Hebron, haben sie gemeinsam getrauert und sich versöhnt.
Es ist meine Hoffnung und mein Gebet, daß sich diese Versöhnung wiederholt.

Schalom Ben-Chorin
Israelischer Schriftsteller

Alle mal herhören:
Die Geschichte des Staates ISRAEL
beginnt mit dem Wort
SHALOM

"**SHALOM**" ist der hebräische Gruß.

Er bedeutet soviel wie:

Wörtlich heißt es

FRIEDEN !

Und das ist der Wunsch aller ISRAELIS !

Vor 100 Jahren war der größte Teil
des Landes eine dürre, unfruchtbare
Wüste...

... die von einem türkischen Sultan regiert wurde.
Er hatte alle Bäume abholzen lassen
und lebte im fernen Konstantinopel (dem heutigen Istanbul)

In den Händen freier, unabhängiger israelischer Bauern war diese Wüste...
... 2000 Jahre zuvor ein grünes, blühendes land!

Aber dann, vor 1900 Jahren vertrieben die Römer die Mehrzah
der jüdischen Einwohner aus ihrer Heimat!

Die Wenigen, die zurückblieben, hatten zwar keinen eigenen Staat mehr...
SPQR
... lebten aber weiter nach ihren eigenen kulturellen Bräuchen und religiösen Regeln!

Die Römer-Herrschaft endete, als das Land von anderen kriegerischen Mächten besetzt wurde...

Nicht überall im Ausland konnten die vertriebenen Juden in Frieden leben.
Vom finsteren Mittelalter bis zur Hitler-Diktatur wurden viele verfolgt und umgebracht.

Lange, vor dem Holocaust sagte Friedrich v. Schiller:

" Jedoch der schrecklichste der Schrecken
das ist der Mensch in seinem Wahn! "

Das einzige Volk, dessen ursprüngliche Heimat ISRAEL war – das waren die Juden!

Sie kamen vom Jahre 1882 an. Erst langsam – aber mehr und mehr aus allen Ländern der Welt zurück!

ie wollten in einem eigenen Staat in Ruhe und Frieden leben ...

... mit Bananen, Orangen, Kiwis, Datteln und Weintrauben!

Im Jahre 1909
gründeten sie ihre lebendigste
Stadt!
HIER
ENTSTEHT
TEL AVIV

Außer Tel Aviv wurden noch viele andere Städte gebaut - meist auf den Ruinen alter Siedlungen, die in der
BIBEL erwähnt werden
JERUSALEM NAZARETH BEERSHEBA ASHKALON...

In ISRAEL leben heute

von sind etwa 4,5 Millionen Juden und etwa 800 000 Nichtjuden!

Die Juden kamen aus 70 Ländern und auch aus

Nord-Amerika, Nah-Ost Indien, Süd-Amerika, China und Europa

lle ISRAELIS sprechen hebräisch. (Iwrit). Das ist die alte Sprache der

Geschrieben wird Iwrit von

nach links!

In ISRAEL gibt es:

Schwarze, gelbe, braune und weiße Juden...

... aber es gibt auch

Große und kleine. Dicke und dünne. Fromme und nichtreligiöse!

Der Sommer in ISRAEL ist

sehr heiß und lang. Da essen die Menschen viel Obst.

ie erholen sich am Strand, gehen schwimmen – und im Winter laufen sie Ski. (Im Norden!)

... deshalb sieht man überall spazierende Mütter mit Kinderwagen

Da viele Mütter arbeiten müssen, bringen sie ihre Kinder im Alter von 2-3 Jahren in den

Genau wie bei uns kommen die Kinder mit 6 Jahren in die Schule und lernen das

Hebräisch natürlich zuerst! Nach der 6. Klasse kommen sie auf die Mittelschule. Mit 18 Jahren können sie das Abitur machen und dienen dann in der Armee. (Jungen 3 Jahre – Mädchen 2 Jahre)

In der ISRAELISCHEN Armee lernen auch Neueinwanderer

Sie gehen alle mit Überzeugung zur Armee, weil sie ihre Freiheit verteidigen wollen. (Bisher fünfmal gegen große arabische Armeen!)

Sie mußten sich gleich nach Gründung des Staates ISRAEL (1948) verteidigen.
So sieht heute ISRAEL auf der Landkarte aus:

Maßstabgerechte Übertragung der Gesamtfläche ISRAELS auf die Landkarte Deutschlands:

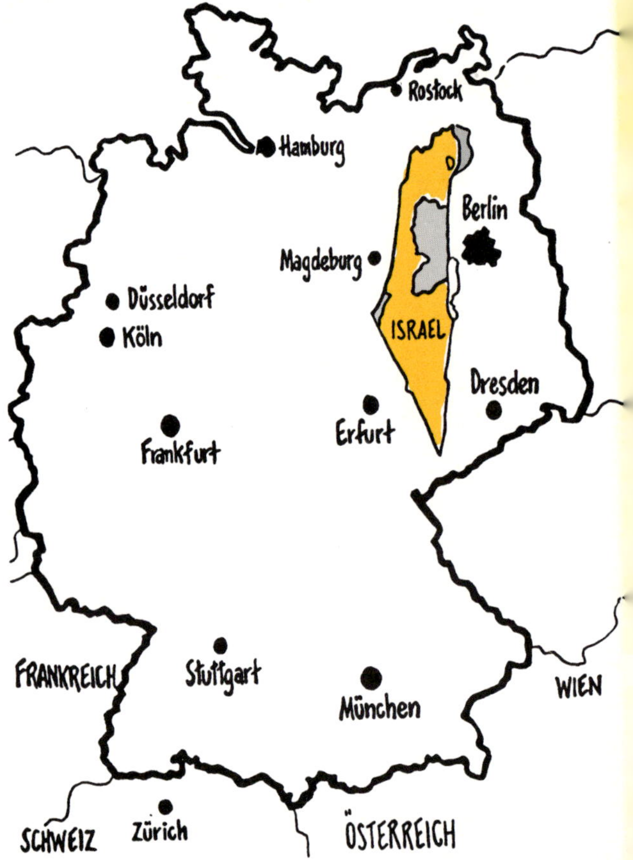

ISRAEL = 21 942 Km² · DEUTSCHLAND = 358 910 Km²
(ISRAEL ist etwa so groß wie HESSEN)

Hatikvah *)

NATIONALHYMNE des Staates Israel

כָּל עוֹד בַּלֵּבָב פְּנִימָה
נֶפֶשׁ יְהוּדִי הוֹמִיָּה,
וּלְפַאֲתֵי מִזְרָח קָדִימָה
עַיִן לְצִיּוֹן צוֹפִיָּה,
עוֹד לֹא אָבְדָה תִּקְוָתֵנוּ
הַתִּקְוָה מִשְּׁנוֹת אַלְפַּיִם,
לִהְיוֹת עָם חָפְשִׁי בְּאַרְצֵנוּ,
בְּאֶרֶץ צִיּוֹן וִירוּשָׁלַיִם.

Solange im Herzen darinnen
ein jüdisches Fühlen noch taut,
solange gen Südost zu den Zinnen
von Zion ein Auge noch schaut.
Solange lebt die Hoffnung auf Erden,
die uns 2000 Jahre verband.
Daß ein Freivolk wir wieder werden
in Zion. Jerusalems Land.

*) Die Hoffnung

Von all seinen Nachbarn waren die Ägypter die ersten, die mit ISRAEL Frieden geschlossen haben.

ISRAEL verhandelt auch mit allen anderen arabischen Nachbarn, um mit ihnen in Frieden leben zu können.

1991, während des Golfkriegs, an dem die ISRAELIS nicht beteiligt waren,
haben Kinder und Erwachsene Gasmasken getragen,

weil sie befürchten mußten, der IRAK würde Giftgas einsetzen.

Das waren schwere Zeiten
für Kinder,
weil sie nicht aus dem Haus
durften, um zu spielen!

JERUSALEM ist die Hauptstadt ISRAELS.
Hier stand früher der heilige Tempel der Juden.
Im Jahre 70 n. Chr. wurde er zerstört.
Übrig blieben nur die alten Steinquader
der Westmauer.

An dieser Klagemauer beten die Juden
aus der ganzen Welt.

Manche sind aus Ost-Europa und haben einen
langen Bart mit Schläfenlocken,
wie ihre polnischen Vorfahren
vor 200 Jahren.

In die Mauerspalten stecken sie
kleine Zettelchen mit ihren Wünschen
an Gott.

Ein Gespräch mit Gott
ist hier ein Ortsgespräch
für den frommen Mann.

00972 · 2 · 612 222

lautet die Nummer
der Klagemauer
für FAX-Inhaber!

JERUSALEM

ist für die Juden die einzige heilige Stätte.
Die Christen pilgern
zu dem Ort, an dem
Jesus Christus gekreuzigt wurde
und auferstanden ist...

... und die Moslems pilgern zu der Al-Aksa-Moschee und zum Felsendom, weil ihrer Überlieferung nach ihr Prophet Mohammed von dort in den Himmel aufstieg ...

In der Altstadt JERUSALEMS
leben Juden, Muslime und Christen
nach ihren Traditionen.
BIBEL
KORAN
BIBEL

Im modernen Teil von JERUSALEM steht auch die KNESSET

das ISRAELISCHE Parlament

Wie in Deutschland dürfen auch in ISRAEL alle Erwachsenen regelmäßig wählen. (120 Parlamentarier).

Unweit der Knesset steht auf einem Sockel eine grosse metallene Menorah. Sie ist das offizielle Emblem des Staates ISRAEL. 1949 entschied man sich für diesen Leuchter als Emblem, weil er das uralte Symbol des jüdischen Volkes ist, so, wie man es auf dem Titus-Bogen in Rom sehen kann.

Das Emblem des Staates ISRAEL wird von zwei Oliven-Zweigen umrahmt, die unten durch die Inschrift "ISRAEL" in hebräischer Schrift verbunden sind. Diese Oliven-Zweige versinnbildlichen die uralte Friedenssehnsucht des jüdischen Volkes. Seit der Zeit, in der eine Taube, die ausgesandt wurde, um Land zu finden, mit einem Oliven-Zweig zu Noahs Arche zurückkehrte, ist dieser Zweig gleichbedeutend mit dem Begriff Frieden!

(Genesis 8,11)

ISRAEL hat eine sehr moderne
Industrie.
Doch auch die Landwirtschaft ist
wichtig!
DOCK

Im Staate ISRAEL gibt es neben kleinen Bauernhöfen

den KIBBUZ

Hier arbeiten und leben die Menschen zusammen. Sie teilen alles, was sie ernten. Die Kinder spielen iteinander. Freiwillige Helfer aus aller Welt finden hier neue Freunde.

Aber, ein großes Problem haben alle gemeinsam:

Es gibt nicht genug Wasser!

Nur einen einzigen Süßwasser-See
hat der Staat ISRAEL,
nämlich den See

... und ganz wenige Flüsse.

Aber, viele Menschen, Tiere und Pflanzen, die Durst haben!

Genezareth
Deshalb pumpen Techniker aus dem wasserreicheren Norden Trinkwasser in die Neger-Wüste!

Israelischem Erfindungsgeist gelang es
Salzwasser in Süßwasser umzuwandeln!

Wie in allen Ländern dieser Erde, wird auch der Durst in ISRAEL nicht nur mit Wasser gelöscht.

wünscht man - und trinkt einen guten Schluck auf das jüdische Neujahrsfest ROSCH HASCHANA. Allerdings nicht am 1. Januar, sondern im Herbst, wenn sich nach dem ersten Regen das ausgetrocknete Land erneuert.

Eine kulinarische Spezialität an diesem Tag:

Apfelscheiben mit

10 Tage nach ROSCH HASCHANA ist JOM KIPUR. (Versöhnungstag)

Da sollen sich alle Leute, die sich gestritten haben, wieder vertragen!

Von Sonnenuntergang bis Sonnenuntergang soll man nicht essen, nicht trinken, keine Musik hören und nicht Autofahren!

Der nächste Feiertag ist das Laubhüttenfest.
Eltern und Kinder bauen sich eine Laubhütte.
Eine Woche lang essen, trinken,
singen und spielen sie hier!

Das Fest erinnert an die Wanderung der Juden von Ägypten durch die Wüste
als sie damals in Laubhütten saßen und noch keine Häuser hatten.

Am Ende des Laubhüttenfestes lesen alle das Schlußkapitel aus der Tora.

(Die Tora umfaßt die ersten 5 Bücher der Bibel)

Das schönste Fest für Kinder (wie in Deutschland Weihnachten)
ist CHANUKKA!

An 8 Tagen wird jeden Tag eine Kerze angezündet
zur Erinnerung an die Zeit, als trotz des Öl-Diebstahls
griechischer Eroberer, die Menorah mit einem Kleinen
verblieben Rest Öls erleuchtet wurde.
So Konnte der Tempel in Jerusalem wieder eingeweiht werden!

Man ißt an diesem Tage:

Krapfen, Reibekuchen und die Kinder kriegen Chanukkageld!

Ein Fest mit Namen TU BI-SCHWAT folgt

Es ist ein umweltfreundlicher Geburtstag der Bäume und Pflanzen!

In der Festfolge feiert man dann

Das ist im Monat März. Da verkleiden sich die Kinder wie beim Karneval – und tauschen Geschenke aus!

Das größte Frühlings- und Freiheitsfest der Juden heißt PESSACH.

Man ißt MATZA (ungesäuertes Brot), weil die Juden einstmals bei ihrem fluchtartigen Auszug aus Ägypten, keine Zeit hatten, Brot zu backen.

Der schönste Feiertag jedoch ist der
UNABHÄNGIGKEITSTAG !
Die
SCHULE
bleibt geschlossen!

Und wir wünschen uns, daß alle sich zurufen:

Was diese Worte bedeuten, weiß inzwischen jeder...